Die Zaubermuschel

Meiner Familie und meinen Freunden in Dankbarkeit
gewidmet

Birgit Dietrich

Die Zaubermuschel

Geschichten zum Nachdenken und Träumen

Herstellung und Verlag: Books on Demand GmbH, Norderstedt
ISBN 3-8334-2042-1

Inhalt

Gefühle

Das Türchen

Es lebten einmal ein Mann und eine Frau in zwei Welten. Diese grenzten zwar aneinander, wurden aber vor langer Zeit durch eine hohe Mauer getrennt, weil sie sehr verschieden waren. In der einen regierte der Verstand, nichts gab es umsonst. Alles musste oder konnte man sich erarbeiten. Leistung, Pflichterfüllung und Erfolg wurden mit grosser Anerkennung belohnt und spornten zu immer weiteren Taten an. Die Menschen waren mit ihrem Leben zufrieden, nur hin und wieder froren sie, wussten jedoch nicht so recht wieso.

In der anderen Welt herrschten die Gefühle. Bedingungslos zu lieben, verständnisvoll zu helfen, alles Schöne zu geniessen sowie seine Umwelt veredelnd zu gestalten, das machte die Menschen sehr glücklich. Allerdings fühlten sie sich manchmal etwas einsam, denn es wohnten nicht viele dort.

In der Mauer, welche die beiden Welten voneinander trennte, gab es ein Holztürchen. Auf der einen Seite wurde es zwar immer wieder neu gestrichen und frei gehalten, damit jederzeit jemand hätte hindurchgehen können, öffnen konnte man es allerdings nur manchmal, denn es wurde auf der anderen Seite meist fest verschlossen. Ja, zum Teil war noch nicht einmal mehr bekannt, dass es dieses Türchen überhaupt gab, Efeu und anderes Schlinggewächs hatten es mit der Zeit fast zugerankt.

Hier wohnte der Mann. Er gehörte zu den wenigen, die von dem Durchgang wussten und hegte schon seit langem den Wunsch, sich einmal auf die andere Seite der Mauer zu begeben.

Doch man hatte ihm dringend davon abgeraten. Die andere sei eine äusserst gefährliche Welt, unberechenbar und schwer zu durchschauen, weshalb man sich dort leicht verletzen oder sogar völlig verirren könne.

So wagte der Mann es nicht, seiner Neugier nachzugeben, bis er eines Tages einer Frau begegnete, die ganz anders war, als all jene, die er vorher kennen gelernt hatte. Ihre Anmut und ihre Warmherzigkeit zogen ihn magisch an, und jedes Mal, wenn er sie sah, verstärkte sich auf seltsame Weise sein Wunsch, endlich die andere Seite der Mauer zu erkunden. Schliesslich überwand er seine Scheu und erzählte der Frau von seinem Vorhaben. Sie ermutigte ihn dazu, denn sie kannte sich in jener Welt gut aus und anerbot sich, ihn am nächsten Tag dorthin zu begleiten. Also verabredeten sie sich an dem Türchen, um es gemeinsam zu öffnen.

Nachdem er sich hindurchgetraut hatte, war er sogleich zutiefst beeindruckt von der Schönheit der Landschaft und der Harmonie, die ihn umfing. Alles erschien ihm farbiger, lebendiger, und jeder, dem er begegnete, nahm sich Zeit, ihn freundlich zu begrüssen. Die Menschen wirkten hier unbeschwerter und viel ausgeglichener als in seiner Welt, die ihm jetzt hingegen grau und nüchtern vorkam. Es gefiel ihm so gut an diesem Ort, dass er immer öfter wiederkehrte.

Doch die Andersartigkeit der zwei Welten holte ihn eines Tages ein. Er bemerkte, dass ihn die regelmässigen Besuche und die Begegnungen mit der Frau allmählich veränderten und dass er sich dadurch an seinem Wohnort nicht mehr wohl fühlte. Er sehnte sich zwar nach dem Neuen, gleichzeitig war es ihm aber auch noch zu fremd, und manchmal wusste er einfach nicht, wie er damit umgehen sollte.

Als er wieder einmal durch das Holztürchen gekommen war, erblickte er von weitem die Frau. Sie hatte ihn sogleich erkannt und lief schon voller Freude auf ihn zu. Da fing sein Herz ganz eigenartig an zu rasen, und plötzlich überfiel ihn eine solche Angst, dass er fluchtartig umkehrte. Er rannte und rannte, und erst als er stehen blieb, spürte er, dass er am Arm blutete. Er hatte sich verletzt, wie es ihm prophezeit worden war, doch mehr als die Wunde schmerzte ihn die Tatsache, dass er sich so hin- und hergerissen fühlte. Verunsichert kehrte er nach Hause zurück und vermied es vorläufig, überhaupt nur in die Nähe der Mauer zu kommen.

Eines Tages führte ihn sein Weg jedoch wieder einmal an dem Holztürchen vorbei. Er wollte schon weitergehen und so tun, als ob er es nicht gesehen hätte, da bemerkte er, dass eine Rose es in der Zwischenzeit mit seinen dornigen Ranken fast überwuchert hatte. Deshalb hatte er sich damals verletzt! Er musste daran hängen geblieben sein, als er kopflos davon gerannt war. Ihm wurde ganz elend zumute, was hatte er nur angerichtet, was musste die Frau von ihm gedacht haben?

Plötzlich begriff er, wie sehr sie ihm fehlte, und eine unendliche Sehnsucht, die mächtiger war, als all seine Ängste, erfasste ihn nach dem, was ihm die andere Welt erschlossen hatte.

Am folgenden Morgen, als er sich zu dem Holztürchen begab, wehte ihm schon von weitem ein köstlicher Duft

entgegen. Über Nacht hatten sich unzählige Rosen geöffnet, vorsichtig schob er die dornigen Ranken beiseite und
ging diesmal unverletzt hindurch.

Selbstbewusstsein

Der Schwan

Es war einmal ein junger Schwan. Mit seinen Eltern wohnte er inmitten einer lieblichen Landschaft an einem kleinen See, in dem sich an manchen Tagen das tiefe Blau des Himmels oder das Smaragdgrün der bewaldeten Hänge widerspiegelte. In der Ferne konnte man bei klarem Wetter die hohen schneebedeckten Berge erkennen, und wenn genügend Wind vorhanden war, tummelten sich unzählige Segelboote auf dem Wasser. Diesen besonders schönen Wohnort teilte sich die Schwanenfamilie mit vielen Enten, Möwen und Blesshühnern.

Wenn es auf dem See wieder einmal zu hektisch war, weil die Enten laut schnatternd ihre Kleinen spazieren führten, die Möwen kreischend nach Futter suchten und die Blesshühner übereifrig ihren Tauchübungen nachgingen, dann begaben sich die Schwaneneltern in die stilleren Buchten, wo sie unter den Trauerweiden, die sich tief zum Wasser hinunterneigten, ruhig und elegant dahingleiten konnten. Den jungen Schwan zog es allerdings viel mehr zu dem bunten Treiben, und er bettelte deshalb immer wieder, auch daran teilhaben zu dürfen. Die Schwaneneltern waren davon nicht sonderlich begeistert, fanden sie es doch eher unpassend. Da sie ihn aber nicht enttäuschen wollten, liessen sie ihn ruhig mit den Enten spielen. Aus einer gewissen Entfernung beobachteten sie den Kleinen, der sich in dem Trubel richtig wohl zu fühlen schien und abends jeweils ganz begeistert erzählte, was er wieder alles erlebt hatte.

So verging die Zeit. Der Schwan wurde grösser, der

Hals immer länger, und auch sein Federkleid bekam allmählich eine andere Farbe. Da passierte eines Tages das Unvermeidliche, das seine Eltern schon immer befürchtet hatten: Das sorglose Spiel mit seinen Entenfreunden fand plötzlich ein jähes Ende.

Einer unter den Erpeln hatte sich zu einem richtigen Wichtigtuer entwickelt und es dabei ganz besonders auf den Schwan abgesehen, weil er ihn als Konkurrenten empfand. Neidisch blickte er ihm nach, wenn dieser lautlos an ihm vorbeischwamm. Nun, sein eigenes Federkleid war sicher schöner und farbenprächtiger, doch wie gern wäre er so gross wie der Schwan gewesen, dann hätte ihn sicher niemand übersehen, und man hätte ihm voller Bewunderung nachgeschaut, wenn er seine Runden drehte. Da aber der Erpel wusste, dass Enten einfach nicht grösser werden und niemals so elegant wirken, gab es eigentlich nur eine Lösung, um der Schönste auf dem See zu sein: Er musste den jungen Schwan vertreiben. Als am nächsten Tag alle wie gewohnt zusammen umherschwammen, rief der Erpel plötzlich ganz laut: „Sag einmal, was bist du eigentlich für ein komischer Vogel, du kannst weder singen noch schnattern und ausserdem bist du viel zu gross und hässlich. Deine weissen Federn sind langweilig. Schau hingegen meinen Kopf an, wie herrlich er in der Sonne glänzt. Und hast du nie gemerkt, wie plump und dick du bist, wenn dich das Wasser nicht umgibt, deine Beine sind viel zu kurz und dein Hals ist zu lang. Ich würde mich verkriechen, wenn ich so aussehen würde wie du."

Der Schwan erstarrte vor Schreck, und auch die Enten waren zuerst sprachlos. Doch dann ging das Geschnatter los. Einige schlossen sich sofort der Meinung des Erpels an, denn sie waren ebenfalls schon lange neidisch auf den Schwan. Andere sagten zuerst gar nichts, nickten dann aber zustimmend mit dem Kopf, als sie merkten, dass sie in der Minderheit waren. Und bis auf zwei kleinere Enten schwammen alle davon.

Traurig und ganz verstört kehrte der Schwan zu seinen Eltern zurück. Hatte der Erpel recht? War er wirklich so hässlich? Was konnte er nur tun, um seine Freunde zurückzugewinnen?

Mit allen Mitteln versuchten seine Eltern ihn aufzumuntern, indem sie ihm immer wieder erklärten, wie einmalig schön er aussah, wenn er in seinem schneeweissen Federkleid majestätisch über das Wasser glitt. Die Enten seien ja nur neidisch und würden sich deshalb über ihn lustig machen. Doch der junge Schwan war untröstlich: Was nützten ihm seine Grösse und sein neues weisses Kleid, wenn er dafür allein den See erkunden musste. Er wollte viel lieber zu den anderen gehören. Er weigerte sich fortan, ein Schwan zu sein.

Wenn er sich unbeobachtet fühlte, versuchte er zu schnattern. Doch es klang erbärmlich. Er konnte sich noch so sehr Mühe geben, aber es wurde nichts daraus. Und als ihn einmal ein Fisch dabei überraschte, schwamm dieser ganz entsetzt davon. Ein schnatternder Schwan, hatte man so etwas schon einmal gehört!

Dann bekam er eine andere Idee. Er beschloss, weniger zu fressen. Vielleicht würde er dann schlanker und kleiner wirken. Mehrere Tage hielt er durch, doch nichts änderte sich. Also hörte er zur Erleichterung seiner Eltern, die sich allmählich Sorgen um ihn machten, mit dem Fasten wieder auf, zog sich aber immer mehr in die stillen

Buchten zurück und wurde mit der Zeit ein richtiger Einzelgänger.

Eines Tages, während eines seiner einsamen Ausflüge, begegnete er dem weisen Reiher, der in den nahe gelegenen Auen wohnte. Er genoss ein hohes Ansehen bei den Bewohnern des Sees, und sie schauten ihm jeweils mit tiefer Bewunderung nach, wenn er dem Abend entgegenflog.

Der junge Schwan wollte schon lautlos weiterziehen, um den Reiher nicht zu stören, als er ihn regungslos meditieren sah, doch dieser rief ihn zurück: „Was ist mit dir? Du siehst so traurig aus? Warum bist du allein?" „Ach, lieber Reiher", antwortete er, „das ist eine lange Geschichte. Meine Freunde, die Enten, mit denen es in meiner Kindheit so lustig war, wollen nichts mehr von mir wissen. Jetzt, wo ich gross bin, finden sie mich hässlich. Ich bin ihnen zu weiss und zu plump, mein Hals ist zu lang und schnattern kann ich auch nicht. Deshalb mögen sie mich nicht mehr und schwimmen vor mir davon. Ich würde alles geben, um auch eine Ente zu sein."

Der Reiher traute seinen Ohren nicht: Ein wunderschöner weisser Schwan, der Inbegriff von Anmut und Eleganz, als Symbol der Treue verehrt, wäre lieber eine freche, gewöhnliche Ente! Kopfschüttelnd wollte er sich schon abwenden, doch da merkte er, welch ein Kummer den anderen plagte und näherte sich ihm wohlwollend.

„Mein Lieber, weißt du nicht, dass alle Wesen auf dieser Erde einmalig sind und dass jeder eine ganz bestimmte Aufgabe hat, die nur er durch seine Art erfüllen kann?" Der Schwan hörte ihm aufmerksam zu. So hatte noch niemand mit ihm gesprochen. „Doch dies", fuhr der

Reiher fort, „gelingt nur, wenn man ganz sich selbst ist. Du bist ein Schwan und keine Ente, und nur als solcher kannst du deiner Aufgabe gerecht werden." „Ja, und was ist meine Aufgabe?"

„Nun", antwortete geduldig der Reiher, „das wirst du schon noch herausfinden. Solange du dich allerdings weigerst, dein Schwansein zu akzeptieren, wird es dir wohl kaum gelingen." Nach diesen Worten streckte er sich und flog mit ein paar sanften Flügelschlägen davon.

Der junge Schwan kehrte nachdenklich in seine Bucht zurück, aber als ihn die Eltern heranschwimmen sahen, bemerkten sie, dass sich in seiner Haltung etwas verändert hatte.

In den folgenden Tagen zog es ihn zwar weiterhin an die ruhigeren Orte, aber nicht mehr aus Kummer, sondern weil er allein sein wollte, denn fernab vom Trubel konnte er sich viel besser seinen Gedanken hingeben.

Je zufriedener er sich fühlte, desto mehr strahlte er es aus und umso eindrucksvoller wurde mit der Zeit sein Erscheinungsbild. Schliesslich verliess er immer öfter seine Einsamkeit und genoss es richtig, sich auf dem See zu zeigen. Er gewann auch neue Freunde, mit denen er gerne zusammen war. Vor allem aber schloss er Freundschaft mit sich selbst.

Glück

Der Maskenball

Es lebte einmal ein Junge mit seinen Eltern und seinen Geschwistern in einer kleinen Stadt. Sie waren nicht besonders wohlhabend, und da er der Jüngste war, durfte er jedes Jahr den Sommer bei seiner Grossmutter auf dem Land verbringen. Er freute sich jeweils sehr auf diese Zeit, denn für ihn gab es nichts Schöneres, als durch den Wald zu streifen, Beere oder Pilze zu suchen, den Vögeln zu lauschen oder früh morgens das Wild beim Äsen zu beobachten. Und er genoss es natürlich ganz besonders, die Aufmerksamkeit, die ihm geschenkt wurde, einmal mit niemandem teilen zu müssen.

An lauen Sommerabenden sassen sie noch lange auf der Bank vor dem Haus, schauten den Schwalben zu, wie sie mit atemberaubender Geschwindigkeit ihre akrobatischen Kunststücke vollbrachten, und wenn die letzten Sonnenstrahlen die ganze Landschaft in Gold tauchten, erzählte die Grossmutter eine ihrer spannenden Geschichten.

Eines Tages, als der Junge wieder einen seiner Streifzüge unternahm, stand er plötzlich vor einem hohen, schmiedeeisernen Tor. Neugierig blickte er durch die Gitterstäbe und sah in einen geheimnisvollen Park mit hohen alten Bäumen. Ein breiter Kiesweg führte zu einem herrschaftlichen Haus, das allerdings verlassen schien. Ein grosser Zauber ging von diesem Ort aus, obwohl der Schleier der Vergänglichkeit die frühere Pracht schon etwas verhüllt hatte.

Der Junge drückte ein wenig gegen das Tor, um zu sehen, ob es sich öffnen liesse. Tatsächlich gab das schwere Eisen nach, und mit klopfendem Herzen huschte er hindurch. Zunächst noch zögernd, doch dann immer mutiger folgte er dem Weg, bis er plötzlich vor einem kleinen, von wilden Rosen umrankten Pavillon stand, von wo man auf einen Teich blicken konnte. Völlig überwältigt setzte er sich und träumte lange vor sich hin. Irgendwann wurde ihm die Stille allerdings etwas unheimlich, und er fürchtete, dass jemand vielleicht doch bemerkt haben könnte, dass er sich in den Park geschlichen hatte. Mit klopfendem Herzen rannte er den Weg zurück, schlüpfte flink durch das Tor und kehrte so schnell er konnte heim.

Die Grossmutter sass im Garten und sah ihn kommen. An seinem Gesichtsausdruck merkte sie sofort, dass er etwas Besonderes erlebt haben musste, und als sie ihn fragte, sprudelte es nur so aus ihm heraus. Ganz aufgeregt erzählte er ihr von seiner Entdeckung und bettelte, sie möge ihm sagen, was sie über das Haus wusste. Leider konnte die Grossmutter seine Neugierde nicht ganz befriedigen, denn sie hatte den Besitzer nicht gekannt, und im Dorf sprach kaum noch jemand über ihn. Nur ein paar Bewohner erinnerten sich an die Zeit, als ein Graf dort wohnte. Er hatte oft viele Gäste und sowohl im Sommer als auch im Winter grosse Feste gefeiert. Und wenn er im Herbst zur Jagd einlud, dann sah man jeweils die ganze Gesellschaft auf ihren Pferden mit der Hundemeute durch die Wälder preschen. Viele bewunderten den Grafen und beneideten ihn wegen seines sorgenfreien Lebens, denn er schien reich und glücklich zu sein. Keiner konnte deshalb verstehen, warum er eines Tages so plötzlich und ohne ersichtlichen Grund diesen besonderen Ort verliess. Nach ihm war niemand mehr in das Haus eingezogen, nur ein alter Mann kümmerte sich angeblich noch hin und wieder um den Park.

Gebannt hörte der kleine Junge seiner Grossmutter zu. Sie konnte gar nicht begreifen, wieso dieses Haus und der Park ihn so in ihren Bann gezogen hatten, dass er sich immer wieder dorthin begab. Stundenlang konnte er unter den alten Bäumen oder bei dem Pavillon verweilen und träumen. Er sah sich dann als stolzen Reiter inmitten der Jagdgesellschaft oder als bewunderter Gastgeber auf der Terrasse des Hauses. Ja, man musste einfach glücklich sein, wenn man reich und beliebt war, und genau das wollte auch er einmal werden.

Am Abend vor seiner Abreise, als sie auf der Bank sassen und den Sonnenuntergang betrachteten, weihte er seine Grossmutter in seine Zukunftspläne ein. Sie hörte ihm sanft lächelnd zu, ihr Blick schweifte jedoch in die Ferne, und von dem beeindruckenden Farbspiel am Himmel abgelenkt, merkte sie gar nicht, wie ernst es ihm mit seinem kindlichen Wunsch war.

Mehrere Jahre waren inzwischen vergangen. Der kleine Junge von damals war auf dem besten Weg, ein wohlhabender Mann zu werden, dessen Leben, verglichen mit früher, sich sehr verändert hatte. Doch das Ferienparadies aus seiner Kindheit hatte er nicht vergessen, und deshalb beschloss er, nach langer Zeit seine Grossmutter wieder einmal zu besuchen, um den Spuren der Vergangenheit nachzugehen.

Als er sich ihrem Haus näherte, das ihm jetzt unglaublich klein vorkam, sah er sie auf der Bank sitzen. Ihre Haare waren inzwischen weiss geworden, und sie ging etwas gebückt, als sie ihm entgegenkam, aber sie empfing ihn mit der gleichen Herzlichkeit wie früher, und als sie ihn umarmte, empfand er eine Wärme, die er seit langem nicht mehr gespürt hatte.

Es war seltsam, in diese Welt zurückzukehren, die so anders war als jene, in der er jetzt lebte. Doch obwohl alles viel kleiner und einfacher schien als in seiner Erinnerung, fühlte er sich in dieser ruhigen Umgebung unendlich glücklich. Besonders neugierig war er natürlich auf das herrschaftliche Haus, das ihn damals so beeindruckt hatte, und er beschloss, es gleich am nächsten Tag aufzusuchen.

Den Weg kannte er noch ganz genau, und als er das Tor erblickte, fing sein Herz an schneller zu klopfen. Erwartungsvoll drückte er leicht dagegen, und wie damals gab es nach. Ohne sich darum zu kümmern, ob vielleicht inzwischen jemand dort wohnte, lief er durch den Park und wunderte sich, dass alles noch genau wie früher, ja sogar gepflegter aussah.

Vom Pavillon aus konnte man das Haus erkennen, es schien wie damals unbewohnt, doch die Zeit hatte keine weiteren Spuren hinterlassen. Er setzte sich und versuchte, wieder an die Empfindungen von früher anzuknüpfen. Angelehnt an eine Säule schloss er die Augen und gab sich seinen Gedanken hin. Herrlich war diese Ruhe. Vom Sonnenschein und dem Duft der Rosen umhüllt, schlief er allmählich ein und träumte …

Er befand sich an einem prunkvollen Ort. Ein Fest wurde gefeiert, und viele Gäste waren eingeladen. Ausgelassen tanzend oder munter plaudernd liefen sie in ihren prächtigen und farbenfrohen Gewändern an ihm vorbei, scheinbar ohne ihn zu bemerken. Er kannte niemanden, da er aber auch an den Vergnügungen teilnehmen wollte, ging er auf eine Gruppe zu, die ganz besonders ausgelassen schien. Doch wie seltsam, als er sich dazugesellte, sah er, dass alle Gäste eine Maske trugen. Er wollte sich mit ihnen unterhalten, aber sie wendeten sich von ihm ab, sobald sie bemerkten, dass er nicht maskiert war, als ob es unschicklich sei, sein wahres Gesicht unverhüllt zu zeigen.

Er ging zu einer anderen Gruppe, und wieder liess man ihn einfach stehen. Jedes Mal, wenn er sich jemandem näherte, wich man vor ihm aus.

Er fühlte sich zunehmend unwohl in seiner Haut und wollte schon das Fest verlassen, als ihn jemand zurückrief. Er erkannte die Stimme, es war die des Gastgebers, eines alten Freundes, den er schon lange nicht mehr gesehen hatte. Glücklich darüber, endlich ein vertrautes Gesicht zu sehen, drehte er sich um, doch den Mann, der vor ihm stand, erkannte er nicht mehr. Dieser merkte sein Zögern und nahm deshalb lachend seine Maske ab. Aber welch ein Entsetzen: Die Gesichtszüge seines Freundes waren wie ausradiert, und die Leere seiner Augen traf ihn zutiefst. Er wollte noch etwas sagen, aber plötzlich umringten ihn nur gesichtslose Wesen, weshalb sein einziger Wunsch war, so schnell wie möglich diesen unheimlichen Ort zu verlassen …

Jemand berührte ihn an seinem Arm, und als er aus seinem Traum aufschrak, sah er direkt in die gütigen Augen eines alten Mannes, der sich besorgt zu ihm herabneigte und ihn fragend anschaute. Er war so verwirrt, dass er im ersten Moment überhaupt nicht mehr wusste, wo er sich befand. Allmählich wurde ihm jedoch wieder klar, was geschehen war, und er wollte gerade aufspringen, als der andere sich neben ihm niederliess.

Der Abend kündigte sich schon allmählich an, eine geheimnisvolle Stimmung lag über dem Park, und so sassen sie eine ganze Weile schweigend nebeneinander. „Wer bist du? Was suchst du hier?" fragte ihn schliesslich der alte Mann. „Seit meiner Kindheit zieht mich die Schönheit dieses Ortes an. In meinen Ferien kam ich oft hierher, um davon zu träumen, wie ich als Erwachsener sein wollte: reich und glücklich", erzählte der Jüngere, „inzwischen sind einige Jahre vergangen, und ich wollte wieder einmal meinen Erinnerungen nachgehen. Irgendwie muss ich eingeschlafen sein und hatte einen Albtraum." Er beschrieb die Masken und die Menschen ohne Gesichtszüge.

Ohne ihn zu unterbrechen, hörte der alte Mann aufmerksam zu. Sein Blick schweifte dabei weit über den Teich hinaus, als ob er in eine entfernte Zeit schauen würde, und nach einer Weile sagte er: „Ich empfand so wie du, als ich damals hierher kam. Das Haus und den Park habe ich sehr geliebt, und es erfüllte mich mit grossem Stolz, Feste zu feiern und viele Gäste zu haben, die mich beneiden und bewundern sollten. Ich besass alles, was man sich erträumen kann, doch richtig glücklich war ich deshalb nicht, und die Menschen langweilten mich zunehmend. Schliesslich wurde mir mein Reichtum zur Last, denn er entfernte mich immer mehr von mir selbst." Und als er sah, wie gebannt der Jüngere ihm zuhörte, fügte er nach einer kurzen Pause noch hinzu. „Es war nach einem Maskenball, dass ich diesen Ort verliess. Ich musste gehen, um mich nicht zu verlieren. Ich wollte das

Glück suchen, nach dem ich mich sehnte. Und ich habe es gefunden, weil ich meinem Herzen gefolgt bin."

Der alte Mann blieb noch einen Augenblick schweigend sitzen, dann erhob er sich langsam, und bevor er stolzen Schrittes hinter den Bäumen verschwand, verabschiedete er sich von dem Jüngeren mit folgenden Worten: „Ich wünsche dir, dass sich dein Streben nach Reichtum erfüllt, jedoch nach einem anderen Reichtum, als du bis jetzt gemeint hast, denn nur so wirst du wirklich glücklich werden."

Zeit

Die Zaubermuschel

Es war einmal ein kleines Mädchen. Seine Mutter war bald nach der Geburt gestorben, und so wuchs es bei einer Tante auf, da der Vater sehr beschäftigt war und sich nicht dauernd um das Kind kümmern konnte. Sie wohnten in einem hübschen Haus am Meer, von dem sie es nicht weit bis zum Strand hatten, falls sie baden oder Muscheln suchen wollten. Je nach Wellengang rauschte die Brandung sie sanft in den Schlaf oder rüttelte sie tosend wach, und wenn sie mit geschlossenen Augen die würzige Luft einatmeten, fühlten sie sich einfach zu Hause.

Die Tante war eine fröhliche Frau, die das Mädchen sehr gern hatte. Sie arbeitete vormittags als Lehrerin in dem Fischerdorf, und während dieser Zeit passte der Grossvater, ein gutmütiger alter Mann, auf die Kleine auf. Mit seiner tiefen Stimme konnte er wunderbare Geschichten erzählen, und bei schönem Wetter nahm er sie manchmal mit zum Fischen. Durch ihn lernte sie, mit den Möwen zu sprechen und dem Meer zuzuhören, den Himmel zu beobachten und mit dem Wind zu spielen.

Am späten Vormittag bereiteten sie meistens gemeinsam das Mittagessen vor, und wenn die Tante nach Hause kam, assen sie draussen auf der Terrasse, von wo sie einen weiten Blick auf das Meer hinaus hatten und die Boote vorbeituckern hörten.

Der Garten war in der warmen Jahreszeit eine einzige Blütenpracht und der ganze Stolz der jungen Frau. Das Haus selbst war von Kletterpflanzen umrankt, die es abends in einen betörenden Duft hüllten.

Für das Mädchen war es der schönste Ort auf der Welt, und sein Glück wäre vollkommen gewesen, wenn es nur seinen Vater hätte öfters sehen können.

In den Sommermonaten bekamen sie immer Besuch von einer Schwester der Tante und deren kleinem Sohn. Die beiden Kinder waren ungefähr im gleichen Alter, und weil sie sich gut verstanden, verbrachten sie jeweils den ganzen Tag miteinander. So konnte es dem Jungen auch nicht entgehen, dass an einem Nachmittag das Mädchen ganz traurig im Garten sass. Auf seine Frage, was passiert sei, antwortete die Kleine, ihr Vater hätte wieder einmal geschrieben, er habe keine Zeit sie zu besuchen, obwohl er es ihr doch ganz fest versprochen hatte.

Der Junge überlegte einen Moment lang und machte dann folgenden Vorschlag: „Komm, wir gehen ins Dorf. Wenn dein Vater keine Zeit hat, dann müssen wir ihm eben welche besorgen."

Begeistert von der Idee rannte die Kleine ins Haus, um ihre Sparbüchse zu holen, und bald darauf sah man die beiden das Strässchen zum Dorfplatz hinunterlaufen.

Da sie nicht genau wussten, wo man Zeit kaufen konnte, versuchten sie es als erstes in dem kleinen Laden, wo man sonst alles Mögliche bekam. „Was möchtet ihr?" fragte der Mann hinter dem Ladentisch noch einmal, denn er meinte sich verhört zu haben. „Wir möchten Zeit kaufen und zwar möglichst viel, wenn es geht", antwortete das Mädchen. „Da muss ich euch aber leider enttäuschen. Ich habe Schokolade, Eis oder Spielzeug, aber Zeit habe ich nicht im Angebot, denn diese ist zu kostbar für meinen Laden. Ihr müsst es woanders probieren", wimmelte er sie leicht amüsiert ab. „Zu kostbar", hatte der Mann gesagt,

„also versuchen wir es einmal in dem kleinen Schmuckgeschäft an der Ecke", schlug der Junge vor.

Eine elegante Verkäuferin grüsste sie freundlich und fragte erwartungsvoll, was sie für die beiden tun könne. „Wir möchten Zeit kaufen", sagten sie zu der Frau, und weil sie die Kinder so erstaunt ansah, meinten sie noch hinzufügen zu müssen, „wir können sie auch bezahlen, denn wir haben die Sparbüchse dabei." Ein Lächeln huschte über ihr Gesicht, da die Frau aber merkte, dass die beiden es wirklich ernst meinten, antwortete sie höflich: „Es tut mir leid, aber das führen wir im Moment nicht. Was wollt ihr denn mit der Zeit machen?" „Wir möchten sie jemandem schenken", antwortete mit leicht ungeduldiger Stimme das Mädchen. „Ja wenn ihr ein Geschenk sucht", meinte die Verkäuferin, „dann würde ich euch raten, in dem Geschenklädchen gleich nebenan zu fragen. Da findet ihr sicher etwas Geeignetes." Sie dankten der Frau und liefen schnell weiter. Doch abermals hatten sie keinen Erfolg, und so kehrten sie entmutigt und etwas bedrückt nach Hause zurück.

Unterwegs begegneten sie dem Grossvater. Er wollte gerade zum Meer hinuntergehen und lud sie ein, ihn zu begleiten, denn er merkte, dass irgendetwas nicht stimmte. Sie liefen mit ihm zu der kleinen stillen Bucht, setzten sich auf die Felsen, und dann fragte der Grossvater die Kinder, was sie beschäftigte.

Nachdem er zuerst keine richtige Antwort bekam, verrieten sie ihm schliesslich, was geschehen war und warum sie versucht hatten, für den Vater Zeit zu kaufen. Nachdenklich schaute der Grossvater die beiden an und sagte dann in seiner gütigen Art: „Zeit … ihr wolltet also Zeit kaufen, doch wisst ihr überhaupt, was Zeit ist?" Stumm blickten sie ihn an. „Ist es nicht seltsam? Man kann die Zeit nicht sehen, nicht riechen und nicht hören, man kann sie nicht fassen, nicht aufhalten und nicht zurückholen, und trotzdem kann man sie gewinnen oder verlieren, verschenken oder vergeuden, man kann zu viel oder zu wenig oder nie genug davon haben. Die einen wünschen sich, dass sie schnell vorbeigeht, andere hingegen, dass sie möglichst still steht – seht ihr, wie schwierig es ist? Und kaufen kann man sie auch nicht, weil es sie eigentlich gar nicht gibt."

Erstaunt hörten die Kinder ihm zu. „Die Zeit ist eine Erfindung der Menschen, um das Leben einzuteilen, ihre Bedeutung erhält sie jedoch erst durch das, was man mit ihr macht", sprach er weiter, „und ob man viel oder wenig Zeit hat, hängt vor allem auch davon ab, wie wichtig einem etwas ist."

„Dann bin ich dem Vater gar kein bisschen wichtig?" erkundigte sich das Mädchen den Tränen nahe. „Nein, im Gegenteil", versuchte der Grossvater es zu beruhigen, „er arbeitet ja gerade so viel, damit es dir möglichst gut geht." Das verstand die Kleine nun überhaupt nicht mehr, und etwas verwirrt sagte sie: „Du und die Tante, ihr arbeitet doch auch und wollt, dass es uns gut geht. Warum nehmt ihr euch dann so viel Zeit?"

„Um niemals zu vergessen, wie sich das Rauschen des Meeres anhört."

Die Kinder fragten nicht weiter, und nach einer Weile erhob er sich, fasste die beiden rechts und links an der Hand und kehrte mit ihnen langsam nach Hause zurück.

Eines Tages spielten die Kinder am Strand, als der Junge

eine besonders grosse Muschel im Sand entdeckte. Er lief sofort zu der Kleinen und zeigte sie ihr. „Du musst sie ans Ohr halten, dann hörst du immer das Meer rauschen." Fasziniert drückte das Mädchen die Muschel an seine Wange. „Darf ich sie behalten?" fragte es etwas zögernd. „Na klar", antwortete stolz der Junge, denn er hatte ihm offensichtlich eine Freude bereitet.

Aufgeregt rannte es sofort nach Hause und zeigte dem Grossvater, was sie gefunden hatten. „Ich möchte sie dem Papa schicken", erklärte es und war schon wieder aus dem Zimmer gelaufen, um eine Schachtel zu suchen. Er begriff zwar nicht sofort, was in der Kleinen vorging, weil er aber merkte, wie wichtig es ihr scheinbar war, half er ihr, das Geschenk einzupacken. „Soll ich dem Papa noch einen Gruss von dir schreiben?" „Ja", antwortete sie, „und er soll ganz oft in die Muschel hören, damit er das Rauschen des Meeres nicht vergisst." Jetzt war dem Grossvater klar, was seine Enkelin meinte, und schmunzelnd schrieb er die von ihr gewünschten Zeilen.

Bald darauf erhielt der Vater ein Päckchen von seiner Tochter. Als er es öffnete, fand er umständlich in Seidenpapier eingehüllt eine Muschel. Etwas überrascht nahm er sie in die Hand. Sie war besonders schön, er hielt sie an sein Ohr und hörte das Meer rauschen. Dabei geschah etwas Seltsames: Seit langem verdrängte Erinnerungen kamen zurück, und gedankenversunken tauchte er in die Zeit ein, in der er so oft mit seiner Frau am Meer entlang gelaufen war. Wie durch einen Zauber gab ihm die Muschel ein paar glückliche Bilder aus der Vergangenheit wieder … Er spürte den warmen Sand unter seinen Füssen und das Salz auf den Lippen. Er sah, wie der Wind mit ihren langen Haaren spielte und hörte ihr schelmisches Lachen …Doch plötzlich veränderte sich ihr Gesichtsausdruck, sie schien jemanden zu suchen. Das Unbeschwerte verwandelte sich in Sorge, und grosse, traurige Augen schauten ihn fragend an. Erschrocken legte er die Muschel auf seinen Schreibtisch, denn schlagartig wurde ihm klar, was seine Frau ihm sagen wollte …

Morgen, gleich morgen würde er zu seinem Kind fahren …

Einsamkeit

Das Geburtstagsgeschenk

Es war einmal eine ganz besondere Katze. Sie war rot getigert und hatte langes, seidig glänzendes Fell, das an Brust und Pfötchen schneeweiss war. Wenn sie nicht gerade genüsslich vor sich hindöste, beobachtete sie mit ihren bernsteinfarbenen Augen sehr aufmerksam, was um sie herum geschah, und selbst wenn sie spielte oder schmuste, tat sie dies nie ohne die notwendige Würde. Was sie jedoch zu einer aussergewöhnlichen Katze machte, war ihre Fähigkeit, Gefühle und Gedanken der Menschen zu verstehen.

Seit vielen Jahren führte sie ein äusserst angenehmes Leben bei einer alten Dame. Am Morgen, wenn das Frühstück serviert wurde, erschien pünktlich auch die Katze und wartete manierlich, bis ihr aus einem Kännchen etwas Sahne auf einen Teller gegossen wurde. Anschliessend zog sie sich meistens auf den gemütlichen Ohrensessel in der Bibliothek zurück, während die alte Dame es sich auf dem Sofa bequem machte, um in aller Ruhe die Zeitung zu lesen.

Im Sommer begleitete sie die Hausherrin auf ihrem morgendlichen Rundgang durch den Garten, leistete ihr Gesellschaft, wenn sie Blumen schnitt oder auf der Terrasse handarbeitete, und gegen Mittag fand sie sich jeweils rechtzeitig im Esszimmer ein, um keine der Köstlichkeiten zu verpassen. Danach hielt sie ihr Mittagsschläfchen auf der Fensterbank, wo die Sonnenstrahlen ihr angenehm den Rücken wärmten. Bis in die frühen Nachmittagsstunden war sie also stets zu Hause und erfüllte pflichtbewusst ihre Aufgabe als Gesellschafterin. Doch dann gehörte der Rest des Tages ihr und ihren Entdeckungsreisen, von denen sie manchmal erst gegen Morgen wieder zurückkam.

Zu ihren Lieblingsausflügen zählte der benachbarte Garten mit seinen vielen lauschigen Ecken und dem alten Haus mit dem weinumrankten Türmchen, das man über eine breite Auffahrt erreichte. Vor der Steintreppe, die zum Eingang führte, plätscherte ein kleiner Brunnen, und ein paar mächtige Bäume sorgten für eine beeindruckende Kulisse. Der frühere Besitzer war inzwischen gestorben, und obwohl sein Sohn nun angeblich hier wohnte, hatte die Katze ihn bis dahin noch nie auf dem Anwesen gesehen. Trotz der Schönheit des Ortes ging von ihm etwas Schwermütiges aus, denn er war nicht richtig belebt.

Eines Tages, als die Katze sich wie gewohnt auf einer der Bänke niedergelassen hatte, um dem Gärtner interessiert bei seiner Arbeit zuzuschauen, kam plötzlich ein Fahrzeug in rasantem Tempo angefahren und hielt quietschend vor der Treppe. Die Katze konnte sich vor Schreck gerade noch unter den nächsten Busch retten, als ein jüngerer Mann aus dem Auto heraussprang und durch die Haustüre verschwand. Das musste der neue Besitzer sein, dachte die Katze, meine Güte, hatte der es eilig … Sie war gerade noch dabei zu überlegen, wohin sie sich jetzt nach der gestörten Nachmittagsruhe begeben könne, als der Mann bereits wieder aus dem Haus stürmte und wichtigtuerisch davonbrauste. Die Stimmung, die er durch seine Hektik verbreitete, schien er gar nicht zu bemerken.

Die Katze sah nur, wie der Gärtner kopfschüttelnd seine

Arbeit wieder aufnahm, sie selbst zog sich missmutig in die hinterste Ecke des Anwesens zurück.

In den kommenden Wochen wiederholten sich ähnliche Szenen immer öfter, so dass die Katze schliesslich schweren Herzens beschloss, in Zukunft ihre Nachmittage woanders zu verbringen, denn hier wurde es ihr einfach zu ungemütlich. Sie wollte noch einmal durch den Garten streifen, um von ihren Lieblingsplätzchen Abschied zu nehmen. Als sie jedoch gerade über die Mauer gesprungen war und hinter der alten Eibe hervorkam, blieb sie wie angewurzelt stehen und traute vor Überraschung kaum ihren Augen: Unter der mächtigen Linde stand ein bequemer Liegestuhl, auf dem sie den Mann erkannte, der in aller Ruhe ein Buch las. Noch nie hatte sie ihn richtig betrachten können, denn er war ja ständig in Eile gewesen. Jetzt, wo sie ihn daliegen sah, die Beine in eine Decke gehüllt, wirkte er eigentlich gar nicht mehr so unsympathisch. Ob sie sich ihm nähern sollte?

Sie war noch am Überlegen, da hatte er sie schon entdeckt. Etwas ungläubig liess der Mann das Buch sinken und zog seine Brille ab. Was war denn das für eine hübsche Katze? Woher sie wohl kam? Geschmeichelt ob dieser Gedanken blinzelte sie ihn aus der Entfernung an. Aber es kam noch besser. In seiner Kindheit hatte sich der Mann nämlich sehnlich eine Katze gewünscht, seine Eltern bevorzugten jedoch Hunde, weshalb ihm der Wunsch nie erfüllt wurde. Jetzt, wo er das Tier dort im Gras sitzen sah, erwachten wieder gewisse Erinnerungen. Ob sich die Katze wohl anlocken liesse?

Das ging dieser nun allerdings doch etwas zu schnell, schliesslich hatten sie sich gerade erst kennengelernt.

Deshalb erhob sie sich ganz langsam, streckte sich umständlich und verschwand in einem grossen Bogen unter den Büschen. Mit Genugtuung nahm sie sein Bedauern mit auf den Weg.

Am nächsten Tag kam sie wieder. Erwartungsvoll sprang sie über die Mauer, pirschte sich diesmal aber von einer anderen Seite her an, um die Lage erst einmal beurteilen zu können. Tatsächlich, der Liegestuhl stand unter der Linde, doch der Mann hatte diesmal kein Buch in der Hand. Als ob er die Schönheit diese Ortes zum ersten Mal wahrnehmen würde, betrachtete er stolz seine Umgebung. Eigentlich schade, dass er bisher nicht mehr Zeit gefunden hatte, um sie zu geniessen …

Plötzlich bemerkte er die Katze. Wie zufällig putzte sie sich in gut sichtbarer Entfernung, und als er sie rief, hob sie den Kopf. Komisch, dass er gar nicht versuchte, ihr näher zu kommen. Abwartend betrachtete sie ihn genauer, und da sah sie angelehnt an den Baumstamm zwei Krücken. Nun wurde ihr klar, wieso er so ruhig auf dem Liegestuhl lag: Er hatte sich ein Bein gebrochen und durfte sich nicht bewegen. Er war zum Stillhalten verurteilt. Leicht schadenfroh aber doch auch mitfühlend machte sie ein paar Schritte auf ihn zu, änderte dann aber im letzten Moment ihre Meinung und verschwand wieder im Gras.

Am folgenden Nachmittag wartete der Mann schon auf sie und hatte ein Tellerchen Milch neben den Liegestuhl gestellt. Endlich hatte er verstanden, was sich gehörte, stellte sie zufrieden fest, als sie langsam und mit erhobenem Schwanz auf ihn zulief. Er begrüsste sie überschwänglich, was sie jedoch ignorierte. Dafür widmete sie sich der Milch, und erst nachdem sie sich ausgiebig geputzt hatte, blinzelte sie ihn wohlwollend an.

Dieses Ritual wiederholte sich nun für längere Zeit, und sie wurden Freunde. Jeden Nachmittag erwartete er sie und wurde sogar etwas ungeduldig, wenn sie sich einmal verspätete. Zuerst trank sie jeweils ihre Milch und sprang dann zu ihm auf den Stuhl, um es sich so richtig bequem zu machen. Die Zutraulichkeit der Katze tat ihm überraschend gut, zumal er etwas nachdenklich feststellte, dass ausser ihr sonst niemand da war, der ihm Gesellschaft leistete. Dankbar schenkte er ihr deshalb seine Aufmerksamkeit bis das Bein eines Tages geheilt war.

Nachdem man den Gips abgenommen hatte und er schon etwas umherlaufen konnte, zog es ihn immer seltener zu seinem Platz unter der Linde. Er hatte sich lange genug ausgeruht und musste sich nun wieder wichtigeren Dingen widmen. Deshalb waren auch all seine Vorsätze, sich in Zukunft mehr Zeit für sich und seine Umgebung zu nehmen, erstaunlich schnell vergessen, und die Katze wartete immer öfters vergeblich auf ihn. Am Anfang stand das Tellerchen jeweils bereit, und auch die Decke lag noch auf dem Liegestuhl. Doch dann fehlte plötzlich die Milch, und ein paar Tage später war auch keine Decke mehr da. Enttäuscht und etwas beunruhigt lief sie zum Haus, um zu sehen, wo er blieb. Sie befand sich gerade vor dem Hauseingang, als die Türe aufging und er hinaus kam. Voll Wiedersehensfreude wollte sie um seine Beine streichen, doch mit einem kurzen Hallo und einer angedeuteten Streichelbewegung wich er ihr aus, denn er hatte es scheinbar sehr eilig. Verdutzt schaute die Katze ihm nach und tröstete sich vorerst damit, dass er am folgenden

Tag sicher mehr Zeit haben würde. Leider täuschte sie sich, und es wurde nur schlimmer. Er war jetzt ständig so in Gedanken mit seiner Arbeit beschäftigt, dass er sie überhaupt nicht mehr wahrnahm, wenn sie ihn besuchte. Und nachdem sie noch einige erfolglose Versuche unternommen hatte, seine Aufmerksamkeit wiederzuerlangen, zog sie sich eines Tages still und unauffällig ihrer Würde entsprechend zurück.

Der Sommer ging vorbei, die Tage wurden kürzer, und die Katze blieb jetzt immer öfter zu Hause bei der alten Dame, um es sich in der Nähe des Ofens gemütlich zu machen.

Genau zu dieser Zeit, wenn die herbstliche Stimmung einen nachdenklicher zu machen pflegt, feierte der Mann jedes Jahr seinen Geburtstag. Auch diesmal erhielt er wieder viele Glückwünsche, die üblichen unverbindlichen Floskeln, mehr nicht. Von wem hätte er auch etwas Persönlicheres erwarten sollen? Geschäftspartner, bestenfalls Bekannte hatte er jede Menge. Aber für Freunde oder jemanden, der ihm wirklich nahestand, hatte er ja nie Zeit. War es da verwunderlich, dass ihn niemand mehr aufsuchte?

Gedankenversunken blickte er aus dem Fenster, während er die Post öffnete. Leichter Nebel umhüllte den Park, die Linde hatte schon viele Blätter verloren, doch trotzdem erinnerte sie ihn wieder an den Sommer, und er musste an die Katze denken. Selbst sie hatte er vergrault. Wo sie wohl geblieben war?

Plötzlich fühlte er sich unendlich einsam. Was nützten ihm Reichtum und Erfolg, wenn er niemanden hatte, mit dem er das alles teilen konnte.

Nach einer Weile erhob er sich, um in den Salon zu gehen, wo man ihm ein kleines Nachtessen bereitgestellt hatte. Als er in den anderen Raum trat, wusste er selbst nicht, wieso er zu dem Sessel hinüberschaute, auf dem früher die Katze manchmal geschlafen hatte.

Wie angewurzelt blieb er stehen und traute kaum seinen Augen, aber es war keine Einbildung: Zusammengerollt lag sie da. Er näherte sich leise, um sie nicht zu erschrecken, doch sie hatte ihn schon bemerkt und betrachtete ihn neugierig mit ihren grünen Augen.

Doch halt, das war ja gar nicht sie: Sie hatte zwar ein ähnliches Fell und ebenfalls weisse Pfötchen, aber es war eine andere Katze. Wo kam sie wohl her? Etwas ratlos beugte er sich zu ihr hinunter, um sie zu streicheln, was sie sichtlich genoss, und leise vor sich herschnurrend gab sie ihm zu verstehen, dass sie sich bei ihm zu Hause fühlte.

Draussen auf der Fensterbank bewegte sich etwas, und ein kleiner Schatten entfernte sich diskret. Zufrieden darüber, eine ständige Gesellschafterin für den einsamen Mann gefunden zu haben, kehrte die Katze auf dem kürzesten Weg nach Hause zurück, um an ihrem Lieblingsplätzchen einzuschlafen, während draussen der Wind den Regen gegen die Fensterscheiben peitschte.

Die Geburtstagsüberraschung war ihr also gelungen …

Sinn

Das Eulenorakel

In der hintersten Ecke eines etwas verwilderten Gartens, wo Beerensträucher und Büsche zu einem fast undurchdringlichen Dickicht zusammengewachsen waren, standen Schulter an Schulter flankiert von einer schlanken Birke und einem prächtigen Holunder eine Lärche und eine Tanne. Vor vielen Jahren hatte der Wind sie dort gepflanzt und darüber gewacht, dass ihnen bei Gewittern oder starken Stürmen nichts geschah. So waren die beiden im Laufe der Zeit zu stattlichen Bäumen herangewachsen und wurden für die Vögel der Umgebung zum beliebten Treffpunkt und Sitzplatz, von dem man ungestört weit in die Landschaft blicken konnte. Hier wurden Kontakte geknüpft, Ratschläge erteilt und Neuigkeiten ausgetauscht, wie z. B., dass bald in dieser Gegend Weiterbildungskurse stattfinden sollten. An seiner letzten Zusammenkunft hatte der Rat der Ältesten nämlich beschlossen, eine Akademie zu gründen, um die Interessierten und Begabten unter den Vögeln gezielt zu fördern.

Als erstes musste ein geeigneter Ort gefunden werden. Mehrere Vorschläge wurden geprüft, doch etwas Passendes schien einfach nicht darunter zu sein. Man war schon fast soweit, das Projekt wieder aufzugeben, als dem Raben plötzlich die Lärche und die Tanne einfielen. Alle waren sofort von der Idee begeistert. In Zukunft würde dies der Sitz der Akademie der Vögel sein.

Der für seine Klugheit und Besonnenheit weit umher geschätzte Rabe wurde zum Rektor ernannt. Zum Lehrerkollegium gehörten nur wahre Meister ihres Faches, und das angebotene Studienprogramm erwies sich als äusserst interessant und breit gefächert.

Für die Kurse in Gesang und Musik waren Amseln und Lerchen zuständig. Elstern gaben Sprach- und Schauspielunterricht, die Schwalben übernahmen Akrobatik und Höchstgeschwindigkeitsfliegen, während Spechte und Kleiber für die technischen Fächer verantwortlich waren. Meisen und Tauben beschäftigten sich mit dem Thema soziales Verhalten und Konfliktlösung, Buchfinken mit gesunder Ernährung. Stare hielten Vorlesungen über das Reisen in ferne Länder sowie das Leben unter fremden Kulturen, und den Philosophiekurs leitete der Rabe zusammen mit der Waldohreule.

Die Studienfächer stiessen bei den Vögeln auf ein grosses Echo, und nach kurzer Zeit waren alle Plätze belegt. Die Akademie konnte somit ihre Tore öffnen.

Am Vorabend des grossen Ereignisses, nachdem alle Vögel, die bei den letzten Vorbereitungen mitgeholfen hatten, bereits nach Hause zurückgekehrt waren, blieb der Rabe noch eine Weile allein, um sich in Ruhe auf den nächsten Tag vorzubereiten. Er flog auf einen der Äste hoch oben auf der Lärche und liess sich sanft von der leichten Sommerbrise hin und her schaukeln. Es war eine atemberaubende Abendstimmung und fasziniert beobachtete er, wie sich der wolkenlos blaue Himmel am Horizont langsam blutrot verfärbte. Selten hatte er einen so eindrucksvollen Sonnenuntergang erlebt, und die Schönheit dieses Schauspiels stimmte ihn plötzlich ganz nachdenklich. Warum gab es eigentlich Sonnenuntergänge? Tannen? Lärchen? Vögel und andere Tiere? Warum lebte man überhaupt? Solcherlei Fragen hatte er sich schon oft gestellt, was würden wohl seine Studenten darauf antworten?

Gedankenversunken merkte er gar nicht, wie die Zeit verging. Man sah schon das erste zaghafte Funkeln einiger Sterne am Himmel, als der Rabe beschloss, ebenfalls nach Hause zu fliegen.

Am nächsten Tag musste er eine Festansprache vor allen Studenten halten, erst nachher konnte er sich in seine Klasse begeben, um endlich alle Teilnehmer an dem Philosophiekurs zu begrüssen. Aufmerksam und erwartungsvoll hörten sie ihm zu: ein paar Eichelhäher, zwei junge Reiher, mehrere Rotkehlchen und Dompfaffen, das Waldkäuzchen sowie der Wiedehopf. Womit würde er den Unterricht wohl beginnen? Anstatt ihnen einen Vortrag zu halten, wie sie es eigentlich vermutet hatten, überraschte sie der Rabe mit folgender Frage: Ob sie sich schon einmal überlegt hätten, warum man lebte.

Betretenes Schweigen war die Antwort. Ratlos und etwas verlegen schauten sich die Studenten an und gaben sehr schnell zu, diesem Gedanken bis jetzt noch nicht weiter nachgegangen zu sein. Nur das Waldkäuzchen hatte sich schon einmal mit ähnlichen Fragen befasst, traute sich jedoch nicht, etwas dazu zu sagen, aus Angst, von den anderen ausgelacht zu werden.

Schliesslich schlug der Rabe vor, zwei Gruppen zu bilden, um eine Umfrage zu diesem Thema unter den Bewohnern der Umgebung durchzuführen.

Eichelhäher und Reiher waren von dieser Idee zunächst nicht gerade begeistert, da sie Mühe im Umgang mit Fremden hatten. Rotkehlchen und Dompfaffen, auch eher schüchtern, redeten ihnen aber gut zu, und so waren in Kürze die Gruppen gebildet. Zur ersten gehörten die Reiher, die Rotkehlchen und der Wiedehopf, zur zweiten die Dompfaffen, die Eichelhäher und das Waldkäuzchen. Für die Befragungen hatten sie einen Tag Zeit, und nachdem ihnen der Rabe noch ein paar Anweisungen mit auf den Weg gegeben hatte, entfernten sie sich in verschiedene Richtungen: Die einen blieben mehr in der unmittelbaren Umgebung, die anderen hingegen begaben sich zum Wald.

Schon bald traf die erste Gruppe auf eine Biene, die emsig von Blume zu Blume flog. Von der Frage, die ihr gestellt wurde, war sie zunächst so überrascht, dass sie zu summen aufhörte, doch dann antwortete sie schnell: „Warum man lebt? Nun, um zu arbeiten und zu dienen. Mein Leben ist dabei nicht so wichtig, was zählt, ist nur das Wohl unseres Volkes und unserer Königin." Und während sie sprach, war sie auch schon zur nächsten Blume weitergeflogen und zeigte damit unmissverständlich, dass sie Fragen dieser Art eigentlich nur für Zeitverschwendung hielt.

Als nächstem begegneten die Vögel einem Schmetterling, der freudig in den Sonnenstrahlen tanzte und alles andere im Sinn hatte, als philosophischen Gedanken nachzugehen. „Warum ich lebe? Um alles Schöne zu geniessen und nicht an morgen zu denken, solange die Sonne scheint und überall duftende, bunte Blüten auf mich warten. Warum sollte ich mich da mit ernsten Dingen beschäftigen?" meinte er und flatterte davon.

Plötzlich kam eine Katze herangeschlichen und die Vögel fragten auch sie. „Warum man lebt? Weiss ich nicht. Vielleicht um nach Lust und Laune seinen Lieblingsbeschäftigungen nachgehen zu können, wie zum Beispiel dem Jagen, bei dem ihr mich übrigens gerade stört", und mit einem Satz sprang sie ihrer Beute nach. Die Vögel liessen sie enttäuscht ziehen.

Da hörten sie eine Grille im Gras laut musizieren, doch sie sagte nur: „Ach, unterbrecht nicht mein schönes Lied mit solchen Fragen, wendet euch lieber an den Hund dort drüben, er macht gerade seinen täglichen Spaziergang." Nachdem sie von der Grille also keine Antwort zu erwarten hatten, setzten sich die Vögel auf den Baum, unter dem der Hund sich mit seinem Begleiter etwas ausruhte. „Warum man lebt? Ja, was könnte das wohl sein? Ich bin einfach zufrieden, wenn es jemanden gibt, zu dem ich gehöre, wenn ich ein Dach über dem Kopf habe und in meinem Futternapf genug zu fressen ist. Wozu sollte ich mir da solche Fragen stellen. Ausserdem hat man mich gerade gerufen, da muss ich gehorchen, sonst werde ich ausgeschimpft." Mitleidig schauten sie dem Hund nach, wie er ergeben davon trottete.

Bevor sie entscheiden konnten, wohin sie als nächstes fliegen wollten, landeten ein paar Spatzen auf dem Baum. „Wir haben gehört, dass ihr eine Umfrage macht. Können wir daran teilnehmen, uns interessiert alles, was unserem Kampf für die Arbeiterklasse nützt. Wie lautet denn eure Frage?" Die Rotkehlchen wollten genau erklären, um was es ging, doch man liess sie gar nicht ausreden. „Ihr wollt wissen, warum man lebt? Was ist das bloss für ein intellektuelles Geschwätz, was bringt das? Überhaupt, diese Akademie ist wieder nur für die Privilegierten", und mit lautem Gezeter flogen sie davon.

Etwas entmutigt von den bisherigen Ergebnissen be-

merkten die Vögel eine Ameise den Baumstamm herauf-
krabbeln und sprachen sie an. Aber auch sie zeigte kein
Interesse für derartige Gespräche. „Ich bin eine einfache
Arbeiterin und erfülle meine Pflicht. Die Arbeit ist der
Inhalt meines Lebens, ich halte nicht viel von solch Tau-
genichtsen wie ihr, die nichts Richtiges machen und ihre
Zeit mit albernen Fragen vertrödeln. Lernt erst einmal zu
arbeiten, dann wisst ihr, wofür ihr lebt."

Enttäuscht schauten sich die Vögel an, und nach einer
Weile beschlossen sie, ihre Umfrage hiermit zu beenden.
Vielleicht hatte ja die andere Gruppe mehr Glück, doch
auch ihr erging es nicht besser.

Als erstes war sie ein paar Hasen begegnet. Ohne weiter
nachzudenken, erklärten diese ihnen sogleich: „Was gibt
es wohl Wichtigeres als Partnerschaft und Familie? Das
sind die wahren Werte, auf die es ankommt, und deshalb
liegt der Sinn des Lebens darin, möglichst viele Kinder
und Enkelkinder zu haben." Kaum hatten sie gesprochen, hoppelten sie auch schon davon, denn es nahte ein
Fuchs.

Neugierig fragte er die Vögel, was sie machten. „Ihr
wollt wissen, warum man lebt? Natürlich, um möglichst
schlau zu werden, denn nur so kommt man gut durchs
Leben. Gelegenheit zum Lernen, gibt es dafür genug,
auch ohne eure Akademie", fügte er provozierend hinzu.
Die Eichelhäher wollten sich schon auf eine Diskussion
einlassen, doch das Waldkäuzchen war dagegen.

Also flogen sie weiter und begegneten als nächstes ein
paar Rehen. Während sie antworteten, blickten sie ständig
ängstlich umher und machten einen ganz nervösen Eindruck. „Warum man lebt? Ja, das haben wir uns in letzter

Zeit auch immer öfter gefragt. Wie kann denn das Leben überhaupt noch einen Sinn haben, bei all den Gefahren, die überall auf einen lauern...", mitten im Satz hörten sie auf zu sprechen, irgendwo hörte man ein seltsames Geräusch, und ehe sich die Vögel versahen, waren die Rehe im Unterholz verschwunden.

Das Rascheln kam immer näher, und plötzlich sass ein Eichhörnchen vor ihnen im Laub. Es machte einen sehr beschäftigten Eindruck, denn es war gerade dabei, neue Vorräte für den Winter anzulegen und musterte neugierig die Vögel. „Besitzt ihr schon so viel, dass ihr eure Zeit mit solchen Fragen vergeuden könnt? Nun, ich lebe, um möglichst viel anzuhäufen, damit ich in schlechten Zeiten auf meine Reserven zurückgreifen kann und von niemandem abhängig werde. Das würde ich euch auch dringend empfehlen, denn was nützt euch zu wissen, warum man lebt, wenn ihr Hunger aber nichts zu essen habt?" Darauf kletterte es blitzschnell ohne sich umzuschauen auf den nächsten Baum, und die Vögel beendeten hiermit ihre Umfrage.

Am nächsten Tag kehrten alle in ihre Klasse zurück. Erwartungsvoll wurden sie vom Raben und der Waldohreule empfangen.

„Nun", sagte der Rabe, „eure Aufgabe war herauszufinden, warum man lebt. Dafür solltet ihr auch andere Mitbewohner dieser Gegend befragen. Wollen wir sehen, was man euch geantwortet hat. Fangen wir mit der ersten Gruppe an, welches ist euer Ergebnis?"

Der Wiedehopf, wie immer etwas zerstreut, blätterte umständlich in seinen Unterlagen, um schliesslich verlegen zu erklären, dass sie leider nichts Aussagekräftiges vorzuweisen hätten. Erleichtert darüber, dass es offensichtlich den anderen nicht besser ergangen war, erklärte auch das Waldkäuzchen: „Uns ist aufgefallen, dass sich eigentlich niemand für derartige Überlegungen wirklich zu interessieren scheint. Ausserdem gab uns jeder, den wir fragten, eine andere Antwort."

Der Rabe schaute einen nach dem anderen freundlich an und meinte dann: „Es gibt ja auch nicht nur eine einzige Antwort, sondern hunderte, tausende und mehr, denn jeder von uns hat seine eigene, falls er sich die Frage nach dem Sinn überhaupt stellt. Was man macht, ist eigentlich nicht so wichtig, nur das Herz sollte immer beteiligt sein."

Und die Waldohreule, die die ganze Zeit schweigend aber sehr aufmerksam zugehört hatte, fügte weise hinzu: „Worauf es ankommt, ist so zu leben, dass man am Ende sagen kann: Ich bin immer noch, der ich bin, auch ein anderer, als ich war, um zu werden, der ich eigentlich bin."

Ahnungen

Der Aquamarin

Es war in den Wochen vor Weihnachten, wenn die Städte bei einbrechender Dunkelheit in einem Meer von Lichtern versinken und die Menschen noch geschäftiger als sonst durch die Strassen eilen.

Im Schaufenster des festlich dekorierten Schmuckladens reckte sich ein kleiner Ring in seinem Kästchen aus verblichenem Samt und versuchte, auf sich aufmerksam zu machen. Das war nicht ganz einfach, denn direkt neben ihm lag eine aussergewöhnlich grosse Brosche mit einem tiefblauen Saphir, während sich vor ihm mehrere Ketten mit riesigen Perlen schlängelten. Überall um ihn herum glitzerte es, und ein ganz besonders kostbarer Rubin zog alle Blicke auf sich. Inmitten der Pracht wirkte der kleine Ring eher bescheiden, doch ihn unterschied etwas Wesentliches von all den anderen Schmuckstücken um ihn herum: Er war alt und hatte eine Geschichte. Der helle Aquamarin, der ihn zierte, erinnerte an den klaren Winterhimmel des Nordens, und die kleinen Diamanten an den Seiten funkelten wie Eiskristalle in der Sonne. Vor langer, langer Zeit hatte er hübsch verpackt als Geschenk unter dem Weihnachtsbaum gelegen …

Die drei Kinder konnten es kaum noch erwarten bis es dunkel wurde und sie endlich in den nach Tannengrün und Weihnachtsgebäck duftenden Raum eintreten durften.

Am Morgen hatte es nochmals geschneit, und der Garten war in eine flauschige Zauberwelt verwandelt worden. Die grossen Buchsbaumkugeln bei der Terrasse trugen bizarre Mützen, und der Steinbrunnen hatte sich einen weissen Pelzkragen umgelegt. Als sich dann am Nachmittag auch noch etwas die Sonne hervorwagte, schien die ganze Landschaft aus rosa Zuckerwatte zu bestehen.

Um von diesem einmaligen Schauspiel etwas zu bemerken, waren die Erwachsenen allerdings viel zu beschäftigt, nur die Kinder standen an den Fenstern in ihren Zimmern und drückten sich die Nasen an den Scheiben platt, um zu sehen, was draussen vor sich ging. Denn es gab auch sonst viel Spannendes zu beobachten.

Den ganzen Tag reisten nämlich die Verwandten an, die wie jedes Jahr zum Weihnachtsfest erwartet wurden. In dicke Pelze eingehüllt fuhren sie mit ihren Pferdeschlitten vor, und man hörte den Schnee unter ihren Stiefeln knirschen, wenn sie die paar Schritte bis zur Haustüre zurücklegten. Neugierig versuchten die Kinder zu erspähen, ob irgendwo unter den Decken in den Schlitten glänzendes Weihnachtspapier ein Geschenk verriet. Doch sie konnten nichts erkennen, und so mussten sie sich bis zur Bescherung gedulden.

Draussen war es inzwischen dunkel geworden, und im Haus hatte man begonnen, die Kerzen anzuzünden, die für eine ganz besonders feierliche Stimmung sorgten. Die hohen Kachelöfen verbreiteten eine wohlige Wärme, und im Salon hatten sich die Erwachsenen um den summenden Teekessel gemütlich versammelt. Jetzt durften auch die Kinder ihre Zimmer verlassen und kamen mit klopfendem Herzen die Treppe hinunter.

In der Mitte von ihnen ging die sechzehnjährige Tochter. Sie sah bezaubernd aus in ihrem blassblauen Seidenkleid. Lange dunkelblonde Locken fielen ihr weich über die Schultern, und ihre grossen hellen Augen faszinierten jeden, den sie ansah. Stolz nickten die Eltern ihren Kindern zu, da ertönte auch schon das Glöckchen, das den so lange ersehnten Moment ankündigte. Die Flügeltüre wurde geöffnet, und alle traten in den festlich geschmückten Raum ein. Der Weihnachtsbaum stand am anderen Ende und reichte bis zur Zimmerdecke. Ein unglaublicher Glanz ging von ihm aus, denn in den silbernen Kugeln und den Lamettafäden widerspiegelte sich tausendfach das Licht der vielen Kerzen. Zuerst wurden noch ein paar Weihnachtslieder gesungen, doch allmählich wanderten immer mehr verstohlene Blicke zu den Tischen, auf denen all die kunstvoll eingepackten Geschenke bereitlagen, so dass die Eltern endlich ein Einsehen hatten und den Kindern erlaubten, ihre Päckchen zu öffnen.

Nachdem es das goldfarbene Papier und die dunkelrote Seidenschleife entfernt hatte, hielt das junge Mädchen ein kleines Kästchen aus dunkelblauem Samt in den Händen, das es erwartungsvoll öffnete. Welch eine Überraschung! Darin befand sich ein entzückender Ring mit einem Aquamarin, der an die Farben seiner Augen erinnerte. Es war ein Geschenk der Eltern, die ihre Tochter damit in der Welt der Erwachsenen und all ihrer künftigen gesellschaftlichen Ereignisse willkommen heissen wollten. Voller Freude steckte es den Ring an seinen Finger, und während des ganzen Abends blickte es immer wieder einmal auf seine linke Hand, an welcher der blaue Stein stolz funkelte. Es war das schönste Geschenk, das es jemals bekommen hatte.

Bald nach Weihnachten folgte schon die nächste Überraschung: Das junge Mädchen erhielt eine Einladung zu seinem ersten Ball.

Nach all den aufregenden Vorbereitungen, die zu solch einem Anlass gehörten, war nun endlich der grosse Moment da. Albern kichernd warteten die zwei kleineren Brüder unten an der Treppe, um ihre Schwester zu begutachten. Sie hatte die langen Haare hochgesteckt und trug ein traumhaftes crèmefarbenes Ballkleid aus Seide, das jede Bewegung rauschend untermalte. Um den Hals schmiegte sich eine zierliche Perlenkette ihrer Mutter, und die linke Hand schmückte der Aquamarin.

Stolz über seine hübsche Tochter half der Vater ihr in den warmen Mantel, und nachdem sie sich von allen verabschiedet hatten, verliessen sie das Haus.

Es lag immer noch viel Schnee, und es war eine kalte, klare Winternacht. Während der Pferdeschlitten durch die märchenhafte Landschaft glitt, träumte sie dem Abend entgegen. Und es sollte ein ganz besonderer Abend für sie werden. Nicht nur, weil es ihr erster Ball war, sondern vor allem auch deshalb, weil sie der Liebe begegnete.

Sofort hatte er sie bemerkt, als sie am Arm ihres Vaters den Saal betrat. Sie war nicht nur besonders hübsch, sondern sie strahlte eine Sanftheit aus, die ihn sogleich berührte, und nachdem sich ihre Blicke getroffen hatten, liessen ihn diese grossen hellen Augen einfach nicht mehr los. Sie tanzten mehrmals miteinander und waren sich auf seltsame Weise sofort so vertraut, als ob sie sich schon ewig gekannt hätten. Bevor sie den Ball verliess, bat er um die Erlaubnis, sie wieder sehen zu dürfen.

Als sie in dicke Pelzdecken eingehüllt im Pferdeschlitten sass und während der Heimfahrt in den klaren, wie mit funkelnden Diamanten übersäten Sternenhimmel blickte, erschien ihr alles wie ein Traum. Sie war so unendlich glücklich ...

Doch es waren leider nur die letzten Bilder aus einer schon seit längerem dem Untergang geweihten Welt, an deren Horizont sich die unheilverkündenden Wolken einer dunklen Zeit zunehmend zusammenzogen, weshalb dies Glück nicht mehr von grosser Dauer sein konnte.

Zwei Jahre nach dem Ball hatten sie sich verlobt, und da er in einer anderen Gegend wohnte, musste nach dem Fest der traurige Moment seiner Abreise kommen. Wehmütig begleitete sie ihn bis zum Tor – ein letzter Kuss, eine letzte Umarmung, dann schaute sie ihm nach, wie er die Allee hinunterritt. Er drehte sich noch mehrere Male um und winkte ihr zu, bis sie ihn schliesslich nicht mehr erkennen konnte. Lange blieb sie so stehen und kehrte dann langsam zum Haus zurück. Als ob sie es plötzlich geahnt hätte: Es war das letzte Mal, dass sie sich gesehen hatten, und auch das unbeschwerte Leben, das sie bis dahin geführt hatte, war für immer zu Ende...

Der kleine Ring war noch so in Gedanken an die Vergangenheit versunken, dass er zuerst gar nicht bemerkte, dass ein junges Paar vor dem Schaufenster kurz stehen geblieben war. Die beiden schienen sich angeregt zu unterhalten und wollten schon weitergehen, als die Frau ihren Begleiter nochmals zurückzog und begeistert rief: „Schau mal, das ist er!" Der Mann verstand nicht ganz und fragte deshalb: „Wen meinst du?" „Na ja, den Ring", und weil er immer noch nicht zu begreifen schien, fügte sie noch hinzu, „den Aquamarin dort in dem Kästchen."

Sofort wurde der Ring hellhörig und lauschte äusserst gespannt dem Dialog. „Weißt du denn nicht mehr, dass ich

mir schon seit langem einen Aquamarinring wünsche?"
„Ja natürlich, aber warum muss es denn ausgerechnet
dieser alte sein?" wollte er wissen, obwohl ihm eigentlich
schon klar war, dass jeder Widerstand hoffnungslos sein
würde, als er in ihre grossen hellen Augen blickte, die ihn
ganz geheimnisvoll anschauten. „Ich weiss nicht, er gefällt
mir, und er erinnert mich an irgendetwas …vielleicht hat
er mir ja vor langer Zeit schon einmal gehört …", fügte
sie noch schelmisch hinzu.

Dem Ring wurde etwas mulmig zumute: die langen
Haare, diese grossen hellen Augen … nein, er wollte jetzt
nicht weiterdenken, für ihn war im Moment viel wichti-
ger, dass er aus diesem Schaufenster herauskam und dass
er endlich nach den vielen, vielen Jahren der Verbannung
in sein dunkles Kästchen jemanden wieder glücklich machen durfte.

Die beiden waren inzwischen in den Laden eingetreten
und liessen sich den Ring zeigen. Die Frau betrachtete ihn
lange, und als sie ihn an ihren Finger steckte, passte er
wie angegossen. „Ja, ich bleibe dabei", sagte sie nur, und
als sie kurz darauf den Laden wieder verliessen, schmiegte
sie sich an ihren Begleiter und flüsterte ihm glücklich zu:
„Danke, es ist das schönste Weihnachtsgeschenk, das
ich jemals bekommen habe …es ist wie ein Gruss aus
der Vergangenheit." Er verstand zwar immer noch nicht
ganz, was sie eigentlich damit meinte, fand den Gedanken
jedoch äusserst amüsant.

Dem Ring war das alles nicht so wichtig, er strahlte vor
Freude am Finger seiner Besitzerin. Schliesslich war ihm
seine Rolle als Weihnachtsgeschenk ja vertraut …